BICHOS
DA TERRA
DOS BICHOS

AFRICANOS

BICHOS
DA TERRA
DOS BICHOS

AFRICANOS

Lalau e Laurabeatriz

sm

Para
tio Paquito
(*in memoriam*)
e tia Tela

Coordenação editorial *Graziela Ribeiro dos Santos e Olívia Lima*
Revisão *Marcia Menin*

Edição de arte *Rita M. da Costa Aguiar*
Projeto gráfico *Thereza Almeida*
Produção industrial *Alexander Maeda*
Impressão *Bartira*

Dados Internacionais de Catalogação na Publicação (CIP)
(Câmara Brasileira do Livro, SP, Brasil)

Lalau
Bichos da terra dos bichos : africanos / Lalau, Laurabeatriz ; [texto e ilustrações dos autores]. – São Paulo : Edições SM, 2016.

ISBN 978-85-418-1512-3

1. África - Literatura infantojuvenil
2. Poesia - Literatura infantojuvenil
I. Laurabeatriz. II. Título.

16-03985 CDD-028.5

Índices para catálogo sistemático:
1. Poesia : Literatura infantil 028.5
2. Poesia : Literatura infantojuvenil 028.5

1ª edição julho de 2016
8ª impressão 2024

SM Educação
Avenida Paulista 1842 – 18°Andar, cj. 185, 186 e 187
– Cetenco Plaza
Bela Vista 01310-945 São Paulo SP Brasil
Tel. (11) 2111-7400
atendimento@grupo-sm.com
www.smeducacao.com.br

Agradecimentos
Luís Fábio Silveira

SUMÁRIO

África, 8

Elefante-africano, 10
Gorila-da-montanha, 12
Abelheiro, 14
Guepardo, 16
Pangolim-gigante, 18
Tartaruga-geométrica, 20
Leão-africano, 22
Lobo-da-etiópia, 24
Mandril, 26
Cão-selvagem-africano, 28
Ocapi, 30
Avestruz, 32
Rinoceronte-negro, 34
Outros africanos, 36

Sobre os autores, 41
Sites *recomendados*, 43

ÁFRICA

A África é o terceiro maior continente da Terra, com mais de 1 bilhão de habitantes distribuídos em cerca de cinquenta países. Grande parte deles apresenta sérios problemas de subnutrição, saúde, pobreza e analfabetismo.

A vida selvagem africana é bastante famosa. Em suas savanas e florestas equatoriais são encontradas diversas e importantes espécies de mamíferos, aves, répteis, anfíbios, peixes e insetos. Mas, infelizmente, muitos desses animais estão em processo de extinção. Os motivos são vários: guerras, doenças, domesticação para fins econômicos, destruição do meio ambiente e caça ilegal, que elimina milhares de elefantes, rinocerontes, leões, gorilas, pangolins, girafas e outros bichos todos os anos.

É um lugar encantado e misterioso. Procure saber mais sobre o continente africano. Assim como nós, você vai se surpreender!

AMÉRICA DO NORTE
EUROPA
ÁSIA
ÁFRICA
AMÉRICA CENTRAL
AMÉRICA DO SUL
OCEANIA
ANTÁRTIDA
MAR MEDITERRÂNEO
ÁFRICA
OCEANO ATLÂNTICO
OCEANO ÍNDICO

ELEFANTE-AFRICANO

Loxodonta africana

Uma poça de lama
diverte um elefante.
Duas poças de lama
divertem muito mais.

Um ratinho
assusta um elefante.
Dois ratinhos
assustam muito mais.

Uma criança
adora um elefante.
Duas crianças
adoram muito mais.

Um caçador
incomoda um elefante.
Dois caçadores
incomodam muito mais.

GORILA-DA-MONTANHA

Gorilla beringei beringei

O gorila caminha
pela montanha,
apoiado em punhos
e pés.

Às vezes,
leve
como
um sonho.

Outras vezes,
pesado
como
um revés.

A montanha
é do gorila.
O gorila
é da montanha.

ABELHEIRO

Merops nubicus

Uma abelha no ar.
E o abelheiro
pensa no jantar.

Uma abelha no céu.
E o abelheiro
vê um pote de mel.

Uma abelha no bico
E o abelheiro
canta bem alto:
– Sou um pássaro rico!

GUEPARDO

Acinonyx jubatus

Mais rápido
que rajada de chuva,
que fogo na mata,
flecha atirada,
grito de bicho.

Mais rápido
que trovão,
que piscar de olho,
cachoeira, correnteza,
fúria do vento.

Só perde para a ligeireza
do pensamento.

PANGOLIM-GIGANTE

Manis gigantea

O pangolim
é esquisito assim,
porque é assim
que ele é feliz.

O pangolim
é diferente, sim,
porque é assim
que ele é feliz.

Dentes, para quê,
se comer formiga
não carece morder?

Escamas, por que há,
se debaixo da terra
não precisa nadar?

O pangolim
é bonito para mim,
porque assim
ele me faz feliz.

TARTARUGA-GEOMÉTRICA

Psammobates geometricus

Olhou tudo
por outro ângulo.

No forró,
tocou triângulo.

Comeu com gula,
engoliu quadrado.

Andou em círculos,
em linha reta,
mas nunca
pelo caminho errado.

Viveu uma vida
frenética,
poética,
quilométrica.

LEÃO-AFRICANO

Panthera leo

O leão acordou
sem a coroa de rei.

Procurou na savana,
debaixo da cama,
na casa do macaco,
ninho do abutre,
toda toca,
todo buraco,
perto do rio,
beira da lagoa.
Chamou a leoa,
convocou a bicharada,
urrou por ajuda.

Acharam a coroa
entranhada
no emaranhado
da sua juba.

LOBO-DA-ETIÓPIA

Canis simensis

Dorme recostado
na lua.

Bebe água direto
das nuvens.

Vive nas mais altas
terras da Etiópia.

Raro, lindo, único.
Como uma sinfonia
perdida, sem cópia.

MANDRIL

Mandrillus sphinx

Você viu?
Passou por aqui
um mandril.

A cara colorida
feito máscara
de carnaval
e dentes afiados
como um punhal.

O que foi
que ele pediu?

Uma fruta
colhida no pé
e uma passagem
para Guiné,
uma festa
no rio Ogooué
e um amigo
chimpanzé.

Você viu?
Apareceu um leopardo
e o mandril fugiu!

CÃO-SELVAGEM-AFRICANO

Lycaon pictus

O bando
virou uma banda.

Um cão
vestiu roupa de couro.
O outro
comprou um colete.
O terceiro
colocou dente de ouro.
O último
deixou crescer o topete.

E o primeiro *show*
foi no Serengueti.

OCAPI

Okapia johnstoni

No rosto, um foco de luz
emoldura sua altivez.
E revela, nos olhos, a timidez.

A língua azul! Toda azul!
Labareda anil,
certeira, precisa e servil.

O pescoço delgado,
nem curto, nem longo,
o mais bem desenhado
de todo o Congo.

No dorso, tons marrons,
escuros e caramelados,
em harmonia, entrelaçados.

Nas ancas rabiscadas,
listras brancas zebradas.

Ocapi, nobre beleza.
Um quebra-cabeça
sabiamente criado
pela natureza.

AVESTRUZ

Struthio camelus

– Será que é
capaz?

– Sei não.
Talvez...

– Comeu tudo!
Até a raiz.

– E olha
como é veloz.

– Isso sim
é que é avestruz.

RINOCERONTE-NEGRO

Diceros bicornis

Rinoceronte
tem cara amarrada.

Mas, se ganhar um presente,
uma lata de goiabada,
brincar na linha
do horizonte,
visitar um parente,
for a um restaurante,
atravessar de trem
uma ponte,
sentir que homem nenhum
o amedronte,
ele vai rir bastante!

Ri, rinoceronte!

OUTROS AFRICANOS

GIRAFA-RETICULADA

LEOPARDO

ABUTRE-DE-CABEÇA-BRANCA

ORICTÉROPO (AARDVARK)

HIPOPÓTAMO-PIGMEU

HIENA-LISTRADA

GALINHA-D'ANGOLA

GAZELA-GIRAFA (GERENUK)

POTTO

SURICATA
DIK-DIK
CEGONHA-DE-BICO-AMARELO
ADAX
CAMALEÃO-DE-JACKSON

ZEBRA-DA-MONTANHA

PAPAGAIO-CINZENTO

PINGUIM-AFRICANO

DROMEDÁRIO

LALAU E LAURABEATRIZ

Desde 1994, Lalau e Laurabeatriz fazem literatura para crianças. Lalau é poeta e publicitário; Laurabeatriz, ilustradora e artista plástica. Juntos, já publicaram dezenas e dezenas de livros. O meio ambiente, a fauna e a flora são os temas preferidos da dupla. Por isso, resolveram criar a série Planeta Bicho e mostrar a beleza e a poesia dos animais que vivem nos mais variados lugares do mundo.

SITES RECOMENDADOS

Organizações

www.desertelephantconservation.org
www.okapiconservation.org
www.savetherhino.org
www.savetheelephants.org
www.sheldrickwildlifetrust.org
www.wildislife.com

Parques Nacionais

Parque Nacional Bale Mountains/ Etiópia
www.balemountains.org

Parque Nacional Etosha/ Namíbia
www.etoshanationalpark.org

Parque Nacional Kruger/ África do Sul
www.krugerpark.org

Parque Nacional Makgadikgadi Pans/ Botsuana
www.makgadikgadipansnationalpark.com

Parque Nacional do Serengeti/ Tanzânia
www.serengeti.org

Parque Nacional Virunga/ República Democrática do Congo
www.virunga.org

Fontes: Triplex Serif e Berthold Akzidenz Grotesk
Papel: Couché fosco 150 g/m^2